瀬音

Inotume Yomogiko

猪爪蓬子句集

ふらんす堂

序

蓬子さんこと猪爪久子さんが参加されているのは、埼玉県飯能市・名栗地区で開かれている「山雀の会」である。私が名栗に転居して初めて発足した吟行句会で、おそらく、久子さんの初めての参加は春だったのだろう。「蓬子」という俳号は、その時につけたのだから。

この会は、飯能市を中心に近郊からの参加者がほとんどで、もともとあった地元の句会で学んだ人もいたが、ビギナーの方が多く、蓬子さんは前者の方だった。開催は、今年中に百五十回目を迎える。

実は、この句集を刊行するにあたり、その命名を一任されたものの、なかなか思いつかず、初校が出てきても、まだ決めることが出来なかった。そんなある日、ふと思い出して、この会でかつて作った文集『やまがら』を引っ張り出してみたのだった。

奥付を見ると、ちょうど十年前の刊行である。寄稿したのは十六人、それまで三年間の、各自十句ずつの作品と、自作の一句にまつわる短いエッセイを綴っている。蓬子さんのエッセイは中でも際立って短いのにもかかわらず、ずっしりと胸に迫ってくるものがあって、強く記憶に残っていた。ただ、初めの数行は、ごく淡々としているものの、辛すぎる内容なのでここには省く。

〈……生家の縁側からは川が見え、夏には鮎を釣る人も見える。私にとって川の音は癒しである。川に下る道にはコスモスの花が咲いている。瀬音の好きなのは、母の胎内にいた時の安らぎなのかと思いながら、今日も川辺を歩きます。〉

これは、

せせらぎは母の胎内秋桜

という句にまつわるエッセイだが、なかなか決めることの出来なかった句集名は、この時「瀬音」に決定したのである。胸のつかえが取れたような思いがした。

さて、『瀬音』の最初の方の章は、まだお会いする前の作品だ。

寺の子の作りし大き雪達磨
笛方は長子の役目在祭
分校の物干竿に稲の束
山寺は榾の灰とぶお開帳
分校に入口二つ燕の巣

など、明快に郷土に根づいた生活を諷詠し、また、

護摩席に恩師のをられ花の寺
教頭の枝ごと手折るさくらんぼ

など人物も生き生きと描かれている。
写実を基調とした、いわば「軽み」の表現は、今も作者の持ち味の一つだが、読み手の想像力を大いに引き出すのだということを、これらの作品は証明しているのではなかろうか。

亡き兄と立ちし峠や笹子鳴く

釣好きの兄の魂棚川見えて

数へ日の風音ばかり兄の墓

など肉親を偲んだ作品でさえ、同じことが言えるように思う。もっとも末っ子だったという作者は、すでに大人びた兄たちを少し遠見に眺めていたのかもしれない。

同じ時期には、

磯風に髪のみだるる立夏かな

スイス
ゼラニウム飾る窓々雀ゐる

など、海外詠も含めて、まだ杖を突くことなど考えもしなかった頃の瑞々しい作者の姿もある。だが、

葉げいとう寧日もなく働きし

嫁ぐ子と厨に立ちぬ秋の暮

糠床を預けこの夏入院す

というような、生活者としての来し方が思われる作品になると、作者がもともと持っている、突き放したような諦観さえ感じられてくる。

「葉げいとう」の句は、学校給食の調理員として勤務された頃のものだろうか。また、お子さんに関しては、

所帯持ちし子とすれ違ふ秋の暮

の句も見えて、ともに「秋の暮」を季語としていることに、複雑な心情が想像される。日の暮れの早くなってきた頃、町なかですれ違った子は、すでに一生活者の顔になり、母には気づかずに通り過ぎたのだ。なんとも切ない場面ではないか。

虫しぐれ家の中さへ杖ついて
子をあやす手の老斑や雪ぼたる
正座もう出来なくなりぬ去年今年
蜀黍や七人きやうだい三人に

このあたりから、自らの恙や老いを切々と詠んだ句も多くなってくる。しかし同

時に、

まんさくやこの頃杖にたよらざる
半日を幼と遊ぶ良寛忌
給食の千人分の西瓜切る

などの句も見えて、恙はありながらも、まずまずの平穏な日々を送っていたことが窺われる。

秋立つや常伏の夫かたくなに
痩せてゆく夫に割りたる寒卵
桜蘂腹をくくりしことひとつ
亡き人の好きな風鈴鳴りにけり

そんな穏やかな流れの中に、伴侶を喪うという大きな出来事があったのだが、山雀の会、そして名栗との出会いもまた同じ時期だったのではなかろうか。

花桐や名栗街道本降りに
鍵かけるくらしにもなれ年の暮

山雀の会

山椒の実妻ある人と歩きをり
夜更しのひとり暮しに黄金虫

「山椒の実」の句は、独り身の人も、伴侶がある人も、また老いも若きも、全く隔たりのない「句会」という場を、ふと客観的に眺めた時のちょっとした発見で、こういったウイットも持ち合わせた人なのである。

だから、ことさら哀しい出来事を、俳句の仲間に告げることもなく月日は流れた。

「何もしてくれない人だったから、ヒューズの交換だって、自分でやったのよ。おかげで困ることはあんまりなかったよ」

そう語って微笑んだ作者は、今でもハンドルを握って、どこへでも出かけられるし、杖さえあれば好きな場所を歩くことが出来る。それは、亡き夫のさりげない愛情だったと言えるのかもしれない。

かなかなやひとりの家に帰らねば
松過ぎの行くあてもなきひとりかな

幼い頃から自立心を育まざるを得なかった事情もあるだろうが、その芯の強さは、ほぼ生来のものだろう。

「子どもの頃から可愛げがないんだよね」

そう言って笑ったこともあった。だからこそ、今、何事にも縛られない自由を手にすることが出来たのだろう。そう申し上げたとしたら、「先生、そのうちわかるだろうけど、寄る年波には勝てないもんだよ」と言い返されるかもしれないが。

故郷のやうな名栗や秋深し
水仙や今も案じてくれる人
長生きも修業のひとつ山笑ふ

そして、お孫さんを詠まれた、

看護師の研修中を祭髪

これらの句については、わざわざ解説を述べることもあるまい。どれも平明で、気取がなく、直接読み手の心に響く作品だ。

吟行たのし冬青空を杖ついて

願わくば、俳句という文芸が、私たちの吟行仲間である蓬子さんの佳き伴侶として、いつまでも、いつまでも傍らにあります様に。

『瀬音』ご刊行、おめでとうございます。

令和五年、初午の日に

山雀亭　石田郷子

瀬音＊目次

句集　瀬音

平成六年〜七年

初雀光悦垣に遊びをり

寺の子の作りし大き雪達磨

霜柱かがやきながら崩れけり

門前の豆腐料理や玉椿

灯籠の武者絵に落花しきりなり

草引けば金魚の墓のありにけり

笛方は長子の役目在祭

分校の物干竿に稲の束

瀬の音の遠く聞こゆる良夜かな

腰かけし石にぬくみや望の月

人里《へんぼり》と言ふバス停や笹子鳴く

亡き兄と立ちし峠や笹子鳴く

返り花鳩ノ巣といふ山の駅

膝寄せて末廣亭に年忘れ

平成八年～九年

給食の大笊干して四温の日

山寺は榾の灰とぶお開帳

春浅き笹かまぼこの届きもの

白梅や杜氏でありし祖父の墓

春浅し湧水池に靄立ちて

踏青や匂ひてきたる醬油蔵

朝市の新聞の上蕗の薹

キャンパスの坂道若き朝桜
花筵敷きぬ龍馬の像の下

護摩席に恩師のをられ花の寺

綿菓子の綿とんでをり花の雲

ダイバーの甥の葬列雪柳

万緑や那智滝見ゆる札所寺

教頭の枝ごと手折るさくらんぼ

著莪の花路をせばめてをりにけり

山百合の屋根に咲きゐる峡の寺

青紫蘇の中にまぎれる子かまきり

なだめつつ犬の毛を梳く朝ぐもり

上高地　三句

雨霧に色きはまりし鳥兜

水澄みて明神池の岩魚かな

流木の数多の河原秋の声

修験者の粧ふ山を下りをり
小ぶりなる柚子を売りをる峠口

三和土にも落葉舞ひ込む山家かな

平成十年

束の間の逆さ富士ある二日かな

除雪機に初荷の旗や富士吉田

初旅や東司に杖の忘れもの

働いてばかり三寒四温かな

春塵の職員室の机かな

茎立に雨脚強くなりにけり

山の湯へボンネットバス初蕨

磯風に髪のみだるる立夏かな

今もなほ遅刻する夢明易し

湯の町はいま紫陽花の雨けぶる

暗闇に草の匂ひや蛍待つ

ぬかるみに蛍見の足とられけり

スイス　五句

ゼラニウム飾る窓々雀ゐる

雲の峰マッターホルン見えかくれ

雪渓の遠くに見ゆる国境

放牧のカウベルの音の花野かな

街中を氷河の流れななかまど

釣好きの兄の魂棚川見えて
所帯持ちし子とすれ違ふ秋の暮

まづ落葉総出で掻きて村祭

数へ日の風音ばかり兄の墓

平成十一年

山眠るはうたうの旗ひるがへり

冬ぬくし羅漢は膝に兎抱く

白鳥や異母兄弟の仲の良く

生まれしは女の子八十八夜かな

分校に入口二つ燕の巣

誰にでもよく笑ふ子や天瓜粉

旧街道夏鶯の鳴きどほし

切株の椅子にすわりて心太

閉校の花壇にいまも百合の花

芙蓉咲く賢治の村を通りけり

芋がらの吹かれ通しや農具小屋

飯能市岩沢字六道

虫しぐれ六道の辻近く住み

的場にも七夕竹や圓覚寺

食初や祖母手作りの栗おこは
大南瓜木魚のごとく置かれをり

真つ先に育ての親の墓詣

萩の花方丈さまも代替り

厳島

冬に入る潮の香のする大鳥居

落雁の老舗の灯し牡丹雪

山裾のいぼとり地蔵返り花

平成十二年〜十三年

二日はや這ひはひの子と一日を

年玉にもらふ医院の体温計

三富の元禄の井や梅白し

沓脱の一枚岩や梅日和

将門のかくし湯ぬるき濃山吹

ぐづる子と蛙の宿に泊りけり

兄の忌や兄に似し子や入彼岸

誕生寺門前楠の若葉かな

麦熟るる匂ひの中に石仏

青嵐いま山寺の岩鼻に

山の湯の一坪ほどや栃の花

葉煙草の照り返す村雲の峰

養母

明易や母の今際の夢を見て

利尻島

玫瑰や穴あき貝を子とひろふ

秋風やとろろ昆布の加工場

朽ちかけし南部曲家こぼれ萩

とんぼ群れトロッコ電車始発駅

暮れてゆく一茶の墓や蟬しぐれ

空蟬は羅漢の肩に風の音

コスモスや黒姫山へ牛鳴いて
信越線りんご畑に掛かりけり

豆腐屋のもうくる頃や鳳仙花

銀木犀髪染めにゆく道すがら

鈴のごと木斛の実の割れ始む

曼珠沙華行きも帰りも高麗峠

錦秋や秩父の野外音楽堂

秋の蚊や呼鈴を押す納経所

冬隣間伐材の椅子を売り

平成十四年〜十六年

鯉泳ぐ御用堀とや新樹光

蕎麦打ちの手を洗ひをり夕河鹿

三伏や姉に土産のさらし飴

短夜や姉となる子を預りて

古利根の蛍袋や草の中

軒下に鳩の来てゐる梅雨の宿

湯の里の釣鐘草や朝歩き

結納の明日となりたる梅雨の月

生憎の雨となりたる地蔵盆

葉げいとう寧日もなく働きし

病棟に公衆電話蜻蛉くる

朝顔の種採る薬袋かな

かなかなやまた眠りをり術後の子

新涼や退院の子の髪を結ふ

嫁ぐ子と厨に立ちぬ秋の暮

大ぶりの蒟蒻を煮る秋祭

黄落の高尾街道千人町

八ツ頭買うて荷になる三の酉

平成十七年

古希となる夫と二人の雑煮かな

初暦まづリハビリの予定書く

命名の墨磨りをれば春の雪

如月や祖父の名一字もらひし子

春光や四肢のびのびと湯浴みの子

手鏡に映る齢や冴返る

初蝶や杖ついてゆく女人坂

鶯や峠越ゆれば和紙の里

子供等に桜堤の滑り台

輪唱のごとうぐひすの鳴き交す

畦道に立つ絵灯籠春祭

青梅

裏《うら》宿《じゆく》の七兵衛通り花見人

手をつなぎゐる花人の尉と姥

小石川

えごの花養生所跡猫ふえて

糠床を預けこの夏入院す

病院の売店で買ふ団扇かな

身籠りし子と七夕の竹飾る

筆談に応ふる姉や虫しぐれ

虫しぐれ家の中さへ杖ついて

リハビリの水中歩行文化の日

子をあやす手の老斑や雪ぼたる

リハビリにきのふも今日も冬帽子

霜柱ふみて平癒の絵馬かけに

平成十八年

正座もう出来なくなりぬ去年今年

踏青や養蜂箱のところまで
花筵抜け出したがる幼かな

花曇自律神経失調中
三界に今も家なし万愚節

はからと鹿教湯《かけゆ》泊りや藤の雨

新じゃがのそぼろ煮幼眠る間に

雷鳴や湯殿の夫に声かけて

目の前に尖閣湾や秋高し

月明り夫も目覚めてをりにけり

住みつきて三十年や虫しぐれ

竹寺の芋名月や般若湯

平成十九年〜二十年

玉垣に昔の屋号午まつり

白梅や幼に渡すお賽銭

まんさくやこの頃杖にたよらざる

水温む洗ひ場今も縄束子

雉子鳴く入定塚に近づけば

半日を幼と遊ぶ良寛忌

花筵癒えたる足を伸ばしけり

川の辺の造り酒屋や夏燕

たかんなの伸び放題の末寺かな

緑蔭に座りて羅漢めく二人

給食の千人分の西瓜切る

蜀黍や七人きやうだい三人に

曲りゆく川照らしをり望の月

冬瓜のころがる姉の厨かな

鬼やんま無人売場を覗きゆく

年用意天覧山といふ地酒

平成二十一年

み吉野のわけて色濃き草の餅

かたくりや観音堂は崖の上

かなかなや泊れぬ孫を見送りぬ

子規庵に残る土蔵や秋海棠

新豆腐子規の句碑ある笹乃雪

芝神明祭

納めなる太鼓だらだら祭かな

この先は源内居跡谿紅葉

秋高し宿場はづれの高札場

丁子屋の障子明りや妻籠宿

しんしんと羅漢の山も眠りけり

平成二十二年

同病の歎きの便り冴返る

茅葺きの鐘撞堂や桃の花

山峡に硝子工房花すみれ

お地蔵の供米啄む雀の子

あぢさゐや投込寺に荷風の碑

葉がくれに親指ほどの青蛙

風入れの雨情夫人の婚礼着

幼児に一人前のかき氷

秋立つや常伏の夫かたくなに

童女よりおしろい花の実をもらふ

丸髷の母の写真や一葉忌

補聴器も杖も己が身枯野ゆく

平成二十三年

大寒の大きな月と歩むなり

湯婆に夫は素直になりにけり

痩せてゆく夫に割りたる寒卵

春一番へそ饅頭を買ひ戻る

諍うてふらりと出れば夕蛙

初蛙吾を呼び止めてゐるやうな

先生に抱きしめられて卒園す

母の日の母の遺せしかもじ梳く

和三盆つまみ狭山の新茶かな

蟬をとることも殺生お寺の子

悪相の犬に追はれて羽抜鳥

空まさを平林禅寺照紅葉

木洩れ日の野火止塚の木の実かな

みちのくの金色堂の氷柱かな

雪囲白川郷の鎮守様

着ぶくれて老々介護となりにけり

平成二十四年

つぶやきのやうな日記や寒明くる

六道の辻の幣束冴返る

飯能市岩沢字六道

料峭や見舞帰りの大荷物

仏生会僧侶となりし兄の子よ
桜蘂腹をくくりしことひとつ

風薫る薬草園に老夫婦

雨粒の重く芍薬撓ひをり

亡き人の好きな風鈴鳴りにけり

平成二十五年

思ひだす母の色足袋小さきこと

多羅葉の葉を照らしゐる冬日かな

二月尽巻爪といふ痛きもの

水音の高くなりたる春の川
雛を見る上り框に手をついて

雪椿何処にゆくのもひとりかな

花桐や名栗街道本降りに

道の辺のほたる袋をいとしとも
菖蒲園降りこめられてしまひけり

濃紫陽花はや一周忌近づきぬ

亡き夫は素麺が好き孫もまた

熊よけの高架木道夏野ゆく

空深くオシンコシンの滝しぶき

かなかなやひとりの家に帰らねば
せせらぎは母の胎内秋桜

鬼灯を鳴らし来し方思ひをり

困民党蜂起の社秋祭

晩菊を束ねて夫の供花とせり

左脚手術　日大にて

大学の病室にくる七五三

水源の湖に映りし冬紅葉

落葉焚く秩父三峯神社かな

亡き夫の好みしものに真鱈の子
鍵かけるくらしにもなれ年の暮

平成二十六年

白髪となりたる喜寿の初鏡

墓道を作り深雪の一年忌

一日に一合炊ぎ寒卵

参道に秋桜子句碑梅真白

山寺の大きな魚板御開帳

道灌にゆかりの寺の初音かな
千枚の青田を渡る風の音

夏蕨手に山門をくぐりけり

施餓鬼寺三代の僧揃ひをり

あと十年生きるつもりや秋彼岸

昼も夜も眠り続けて風邪に臥す

遺されし夫の長靴雪しまく

平成二十七年

豆撒の赤鬼決めるあみだくじ

かたはらに血圧計や春炬燵

向き合ひて羽搏つ水音春の鴨

刈られゆく羊見てゐる羊かな

白牡丹虚子の牡丹と思ひけり

山雀の会

山椒の実妻ある人と歩きをり

紅葉晴卒寿の姉をつれ出して

故郷のやうな名栗や秋深し

束の間の日の当りたる冬菜畑

水仙や今も案じてくれる人

平成二十八年

竹寺の竹の柄杓や初手水

松過ぎの行くあてもなきひとりかな

長生きも修業のひとつ山笑ふ

惜しみなく剪つてくれたる薔薇の花
古着屋のやうに吊して風入れる

梟の巣を残して終る田植かな

二番子の燕とび交ふ馬籠宿

閼伽桶の出払つてゐる秋彼岸

山羊の乳配りし昔露の朝

実万両術後十年生き来たる

平成二十九年

初午の太鼓を叩く孫娘

春日和若宮大路下校の子

堂平天文台や春の雪

丸鋸の音や北窓開かれて

雲を脱ぐ旅の終りの雪解富士

妻籠

脇本陣涼しき風の通りけり

杉山を背にしたる立葵

初物を食みて夏越の句会かな

夜更しのひとり暮しに黄金虫

朝顔のこぼれ種咲く草の中

川風のここちよきかな夕蜻蛉

玉子焼供へて雨の魂送り

落合のしぶきの音や秋の川

坂道の足おぼつかな栗拾ふ

花芒ぬた場に続く獣道

すぐ陰る山頂の日や鷹渡る

集落を見渡す十月桜かな

見おぼえの白山茶花や山の墓

生き過ぎしことを言ふ姉冬の菊

なにごとも休み休みや年木積む

階下から薪ストーブの匂ひかな

平成三十年

楪や庭に大きな屋敷神

ポンプ井戸よりほとばしる春の水

雪残る足跡もなき鎮守さま

山水の細き流れや著莪の花

大輪の薔薇くづれゆく雨の中

梅雨明けやこはごは渡る丸木橋

底見えて源流近き山女かな

盆供養疎開児童でありし夫

胡桃干す西川材の製材所

走り蕎麦大内宿は昼灯し

捨てられぬ綿紗の端切れ一葉忌

病む夫に作りしことも冬至粥

余生なほ芝浜を聞く年忘れ

平成三十一年

急登の先は臘梅香りけり

人麻呂も小町もをりし雛の段

潤吉の描きし村の桜咲く

令和元年

越前の旅の予約や名残雪

廃屋と思へば灯りえごの花

「椋」吟行　三句

快晴の越前平野麦の秋

街道の用水桶やあいの風

下りゆく荒磯の径や青葉潮

名ばかりの銀座通りや樽神輿

看護師の研修中を祭髪

六道に住み古りてをり狐花

吟行の漫ろ歩きや秋あかね

広縁に月祀りたる旧家かな

山霧の晴れて墓域のあらはるる

誕生日うれしくもなし秋桜

吟行たのし冬青空を杖ついて

遺されしマフラー煙草の匂ひふと

令和二年〜三年

新年の商店街の落語会

花吹雪見舞帰りの車内にも

紫陽花や下草のよく刈られあり

緋目高の鉢白き花こぼれつぎ

ばらの家防犯カメラ作動中

牛蛙鳴くや六道宮の池

時の日や柱時計の怠けをり

産土の青鬼灯のすがすがし

潜り戸を開ければそこに太蚯蚓

ミニトマト植ゑて仕事を殖やしけり

沢音や定家葛の咲き登り

千社札禁止とありぬ蟬しぐれ

金蚕を投げかへしくる妹かな

彼岸花行つて見ようよ向う岸

コンビニの裏は野川や曼珠沙華

穴ぼこに足とられたり梅擬

宝登山の冬青空やとんび舞ふ

単線は学生多し雪蛍

山茶花や山際の家豊かにす

落葉掃くまだ新しき竹箒

キヨスクにボンタン飴をしぐれくる

令和四年

歩くこと己に課する三ヶ日

ぽつぺんを吹いて壊してしまひけり

枯園になぜか迷つてしまひけり

蠟梅や防災井戸は撥釣瓶

子の住まひ近くて遠し着ぶくれて

菜の花を挿して匂ひに咽せてをり

補聴器があつて良かつた百千鳥

春浅し通し土間より入間川

一の橋二の橋までも花の雲

夕さりの四阿うぐひすと残花

夏来たる鶏鳴高き門構へ

筍飯ナースの孫に持たせやる

郭公や鎌倉古道歩く会

畑で買ふまだぬれてゐる茄子胡瓜

髪切つてますます姉似釣忍

水やりをすればいつもの青蜥蜴

朝涼しハーブの花を卓上に

朝寒の一個つかへし飲みぐすり
ログハウス金木犀に日のあたり

冬麗の目が合ふ硝子拭く人と

しやくし菜を洗ふ秩父の空つ風

侘助や兄を知る人亡くなりぬ

あとがき

俳句を始めるきっかけは、年の離れた兄姉が俳句をしていたことでした。私は末子で仲間に入れず、のちに公民館の初心者俳句教室に入りました。

あれから三十年、働きながらさわらび句会・鮎句会にお世話になりました。

平成十年に退職してからは、石田郷子先生の山雀の会にお世話になっております。自然豊かな名栗で吟行し、俳句をすることを生甲斐にしております。

多くの皆様に支えられ、今も俳句を続けられることを、改めて師と友に心から感謝申し上げます。

石田郷子先生には、ご多忙の中選句を頂きました上に、身に余る序文を賜り、心より感謝申し上げます。また出版にあたりふらんす堂の皆様には大変お世話になり有難うございました。厚く御礼申し上げます。

令和五年弥生吉日

猪爪蓬子

著者略歴

猪爪蓬子（いのつめ・よもぎこ）本名　猪爪久子

昭和12年　飯能町（現飯能市）に生れる
平成２年　飯能中央公民館　初心者俳句教室
　　　　　中島まさをに学ぶ
平成５年　「かたばみ」入会
平成10年　「かたばみ」同人
平成23年　「かたばみ」退会
　　　　　「椋」入会、石田郷子に師事

現住所　〒357-0023　埼玉県飯能市岩沢7-16

句集　瀬音　せおと　椋叢書37

二〇二三年五月二二日　初版発行

著　者――猪爪蓬子

発行人――山岡喜美子

発行所――ふらんす堂

〒182-0002 東京都調布市仙川町一―一五―三八―二F

電　話――〇三（三三二六）九〇六一　FAX〇三（三三二六）六九一九

ホームページ　http://furansudo.com/　E-mail　info@furansudo.com

振　替――〇〇一七〇―一―一八四一七三

装　幀――君嶋真理子

印刷所――日本ハイコム㈱

製本所――日本ハイコム㈱

定　価――本体二五〇〇円+税

ISBN978-4-7814-1533-8　C0092　¥2500E